ZEROIN

W0274645

SORA INOUE

À bout portant

BANG
PTWING

BANG
GONG
BANG
BANG
PTWOUING
100 % DE RÉUSSITE, CIBLES CRITIQUES ATTEINTES !
C'EST UN SANS-FAUTE !
TU ES AU POINT POUR TON EXAMEN DE TIR DE CE MOIS-CI. TU CONTINUES ?
GONG
GONG
NON, ÇA IRA POUR AUJOURD'HUI.

AUCUNE CIBLE CRITIQUE ATTEINTE !
CHAPEAU, C'EST UN SANS-FAUTE !
ÇA PEUT SERVIR DE SAVOIR VISER LES POINTS VITAUX.
JE NE VEUX PAS TUER MES ADVERSAIRES.
VLAP
SLURP

NOUS DEVONS, À TOUT PRIX, COINCER CES TRAFIQUANTS D'ARMES.
15
13
12
ACTE 17 : LEADING
MAIS À CAUSE DU MANQUE D'EFFECTIF, NOUS NE SOMMES QUE TROIS SUR L'AFFAIRE.
CLAC
GOVERNMENT MODEL
45 AUTOMATIC CALIBER
CHEF, ON EST PRÊTS !
J'ESPÈRE QUE TES JEUNES RECRUES SONT FIABLES, FUJITA !
VOUS NE ME FAITES PAS CONFIANCE ?
BIEN SÛR QUE SI...
C'EST BIEN POUR ÇA QUE LA POLICE CIVILE EST À VOS CÔTÉS, LIEUTENANT TAKAMI.
ON EST VRAIMENT EN PLEIN DÉLIRE !
CLICK
TCHACK

SHLACK
PRIVATE POLICE

ACTE 17 : LEADING

VOUS ÊTES SÛR QUE L'ON PEUT FAIRE CONFIANCE À CES BLEUS ?
CANON !
CONTENTE-TOI DE FAIRE TON BOULOT CORRECTEMENT ET NE T'OCCUPE PAS DU RESTE !
NORMALEMENT, C'EST À LA POLICE CIVILE DE S'INTRODUIRE DANS LES LOCAUX... NON ?!
ÇA CRAINT !
QUOI ?
あせっ
JE N'AIME PAS COMPTER SUR LES AUTRES.
VLORF
JE NE ME FAIS PAS DE SOUCI POUR FUJITA...
ELLE EST EXCEPTIONNELLE...
J'AI RÉFLÉCHI À UN PLAN ET...
HÉ !
ÉVITE DE PRENDRE DES NOTES QUAND TU ES SUR LE TERRAIN.
OUI !
BONG
PSMP
JE VOULAIS VOUS PARLER DE L'ATTAQUE FRONTALE ...
HOP
ALLEZ, LES JEUNES, EN PISTE...
PRIVATE POLICE

MLLE FUJITA, ME PERMETTEZ-VOUS D'AGIR SEULE ?
HUM
JE N'AI PAS BESOIN DE CES BOULETS.
PSST !
CLAP
CLAP
POLICE CIVILE
B-13
......
HUM
JE SUIS DU MÊME AVIS !

GROOOOOH
GRRRRR
GRRRRR
BAH ?
ELLES NE PEUVENT PAS SE VOIR...
JE VOUS RAPPELLE QUE VOUS BOSSEZ EN ÉQUIPE...
LES PROS SAVENT METTRE DE CÔTÉ LEURS RESSENTIMENTS PERSONNELS.
CHEF...
JE TE COMPRENDS MIKURU, MAIS CALME-TOI...
CONCENTRE-TOI SUR TA MISSION.
MOI, JE SUIS TRÈS SEREINE.
VOUS FERIEZ BIEN D'EN FAIRE AUTANT.
HEIN ?
GRMLB
IL NE SE SENT PLUS DEPUIS QUE CETTE FILLE LUI TOURNE AUTOUR !
GROOOOOOH
BRR
FRISSONS...
S'IL SAVAIT CE QUE J'ÉPROUVE POUR LUI...

* LE NOM DU COÉQUIPIER DE MEL GIBSON DANS LE FILM AMÉRICAIN L'ARME FATALE DE RICHARD DONNER (1987).

LA CLASSE !
TOUTE LA COMMANDE EST LÀ : 50 PISTOLETS-MITRAILLEURS INGRAM ET 1 000 CHARGEURS.
GÉNIAL !
ILS SONT PLUTÔT PAS MAL, POUR UNE FABRICATION CHINOISE... ET NE T'INQUIÈTE PAS, LES NUMÉROS DE SÉRIE ONT ÉTÉ EFFACÉS.
AVEC ÇA, C'EST LA VICTOIRE ASSURÉE !
VOUS SEREZ INVINCIBLES !
NORMAL, C'EST NOUS LES MEILLEURS.
ON VA LES MASSACRER.
TOUT EST CLEAN, MON POTE ! ♪
TCHAC
TCHAC

BWAM
QUOI ?
!!
POLICE CIVILE ! PLUS UN GESTE !
CLUNG
LA !
OUILLE !
AH !
VLARF

CES ABRUTIS NOUS ENCER-CLENT !
TCHAC
BRATATATA
ON N'EST PAS DES ABRUTIS !
RESTE PAS LÀ, HANA !
CLUNG
PLING
BRATATATA
MERCI, T'ES VRAIMENT SYMPA !
ON NE FONCE JAMAIS TÊTE BAISSÉE SUR UN ENNEMI !
GLOUPS
JE SAIS PRENDRE DES RISQUES, MOI.
IL M'ÉPUISE –
AL-LÔ-ÔÔ-ÔÔ !
ICI LA POLICE !
BRATATATA
LA FERME !
PTWOUING
VOUS ÊTES CERNÉS !
JETEZ VOS ARMES ET SORTEZ LES MAINS SUR LA TÊTE !
BANG
BANG
JE RÉPÈTE !
HUNG
ICI. LA POLICE !
BANG
JETEZ VOS ARMES !
BANG

ZUT !
BLANG
OUILLE !
CLUNG
CHEF, ON PASSE AU PLAN B !
LIEUTENANT !
CLAC
OK ! FEU À VOLONTÉ !
FEU ! FEU !
BRATATATA
C'EST PARTI !
BANG
BANG
AU S'COURS !
PTWOUING
BANG
ÇA FAIT CHIER !
BRATATATA
HUNGH !
NE TIREZ PLUS, ON SE REND !
BOM
BOM
BOM
BOM
ÇA VA ! ÇA VA !

SRIIIRF
ÉQUIPE DÉGAGÉE !
DE-VANT !
STAP
ILS NE M'AU-RONT PAS !
PAS AVANT MA VIC-TOIRE !
TADAM
P.S.M.P.
TCHACK
GLURP
HUNGH !

ARGH !
BANG
PEUH !
HÉ !
POF
ゴス
OLICE CIVILE
B-13
QU'EST-CE QUE TU AS FAIT... ?
JE T'AI SAUVÉ LA VIE, ÇA ME PARAÎT CLAIR.
ALLEZ, BOUGE-TOI !
AÏE...
UUU-UGRH...
STOP !
SSSST
HEIN ?

HÉÉ...
SVLAR
TSAM
TU AS TROIS SECONDES POUR ME MONTRER CE QUE TU CACHES, SINON JE TE DESCENDS.
À TOI DE CHOISIR SI TU VEUX VIVRE OU MOURIR.
ALORS ?
POLICE CIVILE
C'EST PAS VRAI...
GRRR
OUILLE
À MON TOUR DE TE SAUVER LA VIE.
BOUGE-TOI, MIKURU.

ÇA SUFFIT !
HEIN ?
SPAF
CLING
VOUS ALLEZ ME LE PAYER !
ARGH !
AH !
PUM
HUMPF !
VLARF
NON, MAIS ÇA VA PAS ! T'ES COMPLÈTEMENT MALADE !
JE N'AI PAS POUR DEVISE DE TUER !
NE T'AVISE PLUS JAMAIS DE FAIRE ÇA !

ZARF
ELLES ME PRENNENT VRAIMENT POUR UN IDIOT !
JE VAIS VOUS BUTER !
BANG
SHLIRF
TU JOUES À QUOI, LÀ ?
C'EST QUOI, CES AIGUILLES ?
J'AI LOUPÉ MA CIBLE...
JE SUIS LE FUTUR GRAND CHEF DE LA PÈGRE...
VOUS NE M'AUREZ PAS...

J'IN-CARNE L'AUTORITÉ !
AA AAAGH !
やめて やめて
BANG
BANG
SPOF
TCHOF
BANG
J'AI LOUPÉ SON COUTEAU, À CAUSE DE TOI !
SI JE NE DEVAIS COMPTER QUE SUR TOI, JE SERAIS DÉJÀ MORTE !
APPRENDS À MAÎTRISER TES GESTES !
À PART TUER, TU NE SAIS RIEN FAIRE D'AUTRE !
AA AA AH !
IL FAUT ÉLIMINER TOUTE CETTE VERMINE !
QUE JUSTICE SOIT FAITE !
BRATATATATA
BANG
BANG
MAMAN...
TOKYO EST UNE VILLE...
TERRIFIANTE...

TSAM
JETTE TON ARME !
ふる
BRRR
ふる
BRRR
SSSST
FRRRR
STOMF
!

LA POISSE !
JE N'AI RIEN VU !
KOF
KOF
IL S'EST TIRÉ !
PEUH !
KOF KOF...
BLANG
BON SANG ! IL EST SORTI !
JOLI TRAVAIL, BRAVO !
COMMENT AI-JE PU... ? BON, TOI, RESTE ICI !
JE VAIS LE CHOPER !
STAP
STAP
NON, C'EST MOI !!
URGH
DAM
DAM
DAM
DAM
EXIT
WUMPF
WUMPF
POLICE CIVILE
AH !
SPAM

JE VAIS PÉTER UN CÂBLE...
HUGH
ÇA VA... LA BAGNOLE EST LÀ !
J'AI ENCORE UNE CHANCE DE LEUR ÉCHAPPER...
JE SUIS UN GÉNIE...
CRIISSSS
À MOI LA VICTOIRE !
BONG
GNIAK...
JE SUIS À FOND !
♪
PLOF

ELLES SONT MALAAAAA-AAADES !
OUTCH
VLARF
BANG
BANG
BANG
BANG
BANG

VLARF
CLING
CRASH
FLAP
FLAP
HAH
VRAC
À MOI... LA... VICTOIRE...
SCLUNG
EH BEN, Z'Y ÊTES PAS ALLÉES DE MAIN MORTE !
ALLEZ ME LE CHERCHER !
ON VA ENCORE SE FAIRE TAPER SUR LES DOIGTS.
OUI !

...
CRAC
CRAC
AVANCE !
LÂ-CHEZ-MOI !
VOUS AVEZ FAIT UN RAFFUT D'ENFER !
EST-CE QUE TOUT...
VA BIEN... ?
GOTORF
QUE CE SOIT CLAIR UNE BONNE FOIS POUR TOUTES, SHIKIE !
J'ACCEPTERAI TA FAÇON DE PROCÉDER SI TU GAGNES.
ÇA TE VA ?

POLICE CIVILE
B-13
TU DÉLIRES COMPLÈTEMENT, MIKURU !
はわわ
HÉ LÀ
DU CALME...
NE TE MÊLE PAS DE ÇA !
DEMAIN, ON A UN CONTRÔLE, TU DOIS RÉVISER...
FICHE-MOI LA PAIX !
VA T'OCCUPER DES COUETTES DE CELLE QUI TE TOURNE AUTOUR !
DE TOUTE FAÇON, TU NE ME CONNAIS PAS ET JE TE DÉTESTE !

TU NE CROIS PAS SI BIEN DIRE.
HEIN ?
OUPS...
BAF
MIKU... KU...
ARGH !
J'ACCEPTE TA PROPOSITION.

BEN ALORS, QUOI ?
BOUM
BONG
BAF
PIF
POF
PIF
POF
FÎTE, FAUT LES ARRÊTER, FAUT PAS LES LAIFFER FAIRE !
ON SE CONNAÎT ?
AH, JE NE T'AVAIS PAS RE-CONNU.
PFUH
OUILLE...
MA SŒUR M'A TOUJOURS DIT DE NE JAMAIS COURIR NI APRÈS UN BUS NI APRÈS UNE FILLE.
JE NE VOIS PAS LE RAPPORT.
VIENS PLUTÔT M'AIDER.
LAISSE TOMBER !
CHEF !
ARRÊTEZ-LES !
DONNE-MOI UNE BONNE RAISON.
RHÂÂÂÂ

BAF
BAF
BAF
ARGH !
AH !
ES-PÈCE DE...
BONG
TIENS !
BLARF
ÇA NE SERT À RIEN DE LAISSER LES CRIMINELS EN VIE, ILS NE SE REPENTIRONT JAMAIS DE LEURS CRIMES !
OUILLE !
C'EST NI PLUS NI MOINS QUE DE L'HYPOCRISIE !
SPAF

HMMMMM
JE N'AI PAS À RESPECTER LA VIE DE CES ORDURES.
JE VEUX SEULEMENT LEUR FAIRE PRENDRE CONSCIENCE DE LEURS ACTES !
AS-TU PENSÉ À CE QUE LES VICTIMES PEUVENT ÉPROUVER ?
IL N'Y A QUE TOI ET TON FICHU PAYS POUR LAISSER LES CRIMINELS EN VIE !
TOMF
C'EST UNE BELLE PERTE DE TEMPS ET D'ARGENT !
ET VOUS EN ÊTES FIERS !
PAS DU TOUT !
KOF
JE N'APPROUVE PAS CES TYPES...
JE LES ÉLIMINERAIS BIEN TOUS...
FIGURE-TOI...
MAIS J'AI DÉCIDÉ D'ÊTRE FORTE...

TU NE SAIS PLUS VISER, TU LOUPES TOUTES TES CIBLES...
PFOUTT
FILLETTE !
CE SONT EUX QUI ONT TUÉ MON PÈRE...
DEPUIS CE JOUR, JE CONTIENS MA HAINE ET MA COLÈRE...
POUR EN FAIRE MA FORCE !

JE SAIS... JE SAIS D'OÙ ME VIENT CETTE COLÈRE QUAND JE LA REGARDE...
JE SAIS POURQUOI J'ÉPROUVE TANT DE HAINE EN LA REGARDANT !
J'AI L'IMPRES-SION DE ME VOIR...
C'EST INSUPPORTABLE !
TU LES LAISSES FAIRE ?
JE DIRAIS QUE ÇA FAIT PARTIE DE... ♡
MON PLAN.
BAF
BAF
BAF
IL FAUT BIEN QU'ILS SE DÉFOULENT, CES JEUNES. ♪

ÇA NE PEUT PLUS DURER !
JE VAIS LES ARRÊTER !
PAS TOUT DE SUITE.
ATTENDS ENCORE UN PEU.
JE TE FILERAI UN COUP DE MAIN.
CRAC
CRAC
C'EST MOCHE, UNE BAGARRE ENTRE FILLES.
APPELLE-MOI ROSS !
D'ACCORD, ROSS !
LAISSONS LES JEUNES SE DÉBROUILLER, NOUS DEVONS ENCORE INSPECTER LES LIEUX ET INTERROGER L'AUTRE NAZE !
C'EST PARTI !
OUI !
CHOU, TU VIENS ?
J'ARRIVE !
ALORS... TU FATIGUES ?
C'EST L'ÂGE...
HAH
TU PARLES... TU TIENS PLUS SUR TES JAMBES...
MERDEUSE !
HAH
HAH

ALLEZ MÉMÉ, LAISSE TOMBER !
ARRÊTE DE FAIRE TA SALE GOSSE.
C'EST UNE BELLE SOIRÉE, CHOU !
ARRÊTE DE M'APPELER CHOU !
JE ME SOUVIENS QUE MA SŒUR EN AVAIT UN...
EN PELUCHE...
TU NE PARLES QUE DE TA SŒUR...
HÉ, CHOU... ELLES SONT FORTES, CES DEUX-LÀ.
C'EST BIEN VRAI, ÇA.
TU NE FAIS PAS LE POIDS, HANA...
GASP
C'EST ROSS, PAS HANA !

ACTE 18 :
SLIDE STOP

カナン
Unlucky Bual
クデア

GNN
BIIIP BIIIP BIIIP BIIIP...
VOTRE CORRES-PONDANT N'EST PAS DISPONIBLE, VEUILLEZ...
TWIP
NOUVEL ÉCHEC !
JE VAIS MENER MA PROPRE ENQUÊTE !

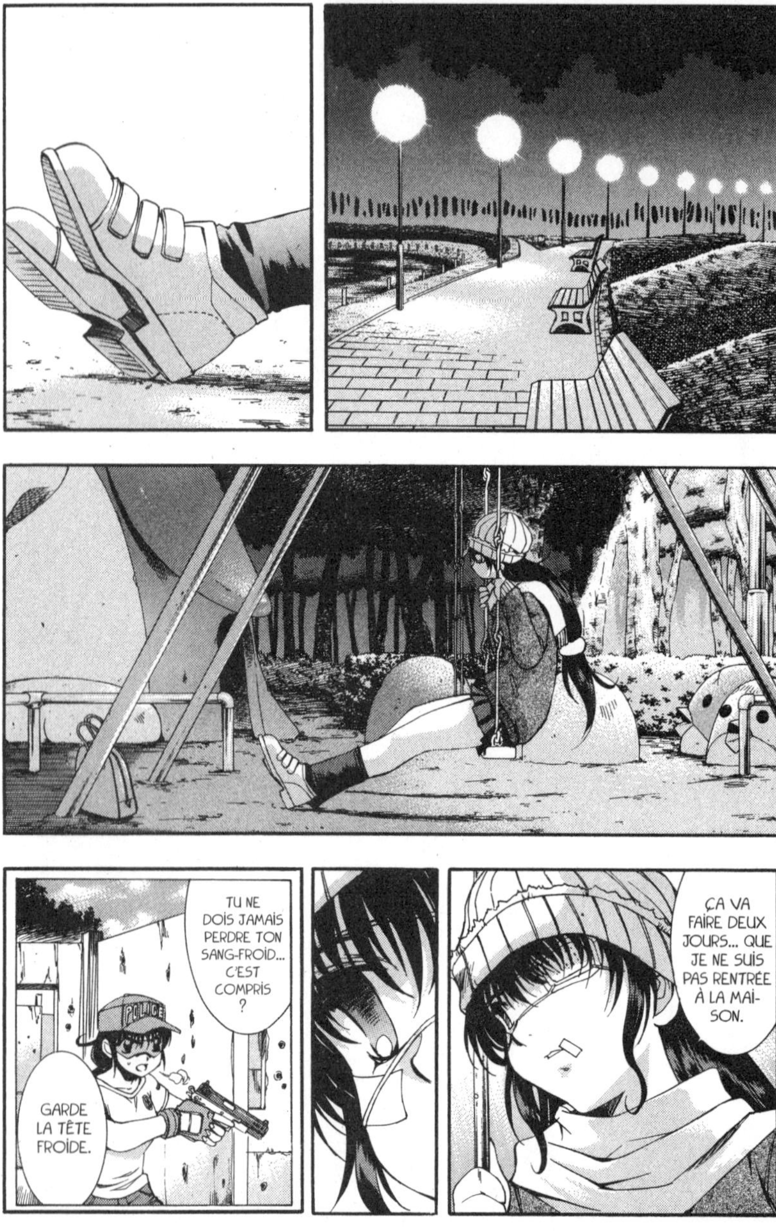
ÇA VA FAIRE DEUX JOURS... QUE JE NE SUIS PAS RENTRÉE À LA MAI-SON.
TU NE DOIS JAMAIS PERDRE TON SANG-FROID... C'EST COMPRIS ?
POLICE
GARDE LA TÊTE FROIDE.

JE LE SAIS... PAPA.
DE TOUTE FAÇON, TU NE ME CONNAIS PAS !
KINA... PARDON.
JE NE POURRAI PAS...
TE VENGER... JE SUIS TROP FAIBLE...

MIKURU...
QUELS SONT TES SENTIMENTS POUR KOH ?
TU EN AS DE CES QUESTIONS... !
RÉPONDS-MOI FRANCHEMENT.
EH BIEN...
JE L'AIME.
AH OUI ?
QUELLE FRANCHISE !
OUI !
J'AIME TOUT LE MONDE. LE LIEUTENANT, LE CHEF, AYUNA, MES CAMARADES DE CLASSE... TOUT LE MONDE !
J'AI ENVIE DE TOUS LES PROTÉGER ! ♡
OUI MAIS... CE N'EST PAS DE ÇA DONT JE TE PARLAIS...
TU ES VRAIMENT UNE DRÔLE DE FILLE, TOI...
HUMPF

ET MOI QUI COMMENÇAIS À TE TÉMOIGNER UN PEU DE RESPECT !
POF
J'AI JAMAIS PU ENCADRER LES SALES GOSSES DANS TON GENRE...
GRMLB
GARDE TES COMMENTAIRES POUR TOI, MAMIE !
PIF
POF
PAF
TU DEVRAIS APPRENDRE À RELATIVISER, PETITE SOTTE !
NE MALTRAITE PAS LES BLESSÉS.
HEUH
QU'EST-CE QUE TU VEUX DIRE PAR LÀ ?
HEUH
PERSONNE NE COMPTE SUR TOI POUR LE PROTÉGER.
INUTILE DE JOUER LES HÉROÏNES !
TU AS SANS DOUTE CONNU DES MOMENTS DE JOIE AVEC TES AMIS...
MAIS TU N'AS CERTAINEMENT ENCORE JAMAIS PLEURÉ AVEC EUX !
QUOI ?

PLEURER, C'EST LA HONTE !
ÇA M'ÉTONNE BEAUCOUP DE TOI !
JE NE DIS PAS QU'IL FAUT PLEURER EN PUBLIC...
JUSTE EN PETIT COMITÉ, COMME TU L'AS DÉJÀ FAIT...
DEVANT KOH ET MOI.
C'EST UNE SACRÉE EXPÉRIENCE QUE DE PLEURER ENTRE AMIS...
TU DEVRAIS ESSAYER.
ÇA TE FERAIT BEAUCOUP DE BIEN.
À UN DE CES JOURS, SALE GOSSE !
J'ESPÈRE QUE TU AURAS GRANDI D'ICI LÀ.
KINA...

JE PLEURE TOUTE SEULE DANS MON COIN...
!
PLIC
PLIC
JE SUIS COMPLÈ-TEMENT ANÉANTIE...
JE NE CONTRÔLE PLUS MES ÉMOTIONS...
JE N'AI...
PLUS CONFIANCE EN MOI.
JE SUIS...
JE SUIS...
KINA... JE SOUFFRE...

JE T'AI TROUVÉE !
TOI ?
EUH...
BEN...
FROTT'

ちょん
SLARF
BANG
JE, EUH...
ELLE PLEURAIT... ?
MIKURU...
ELLE A L'AIR SI FRAGILE...
ET TELLEMENT...
CHÉTIVE...

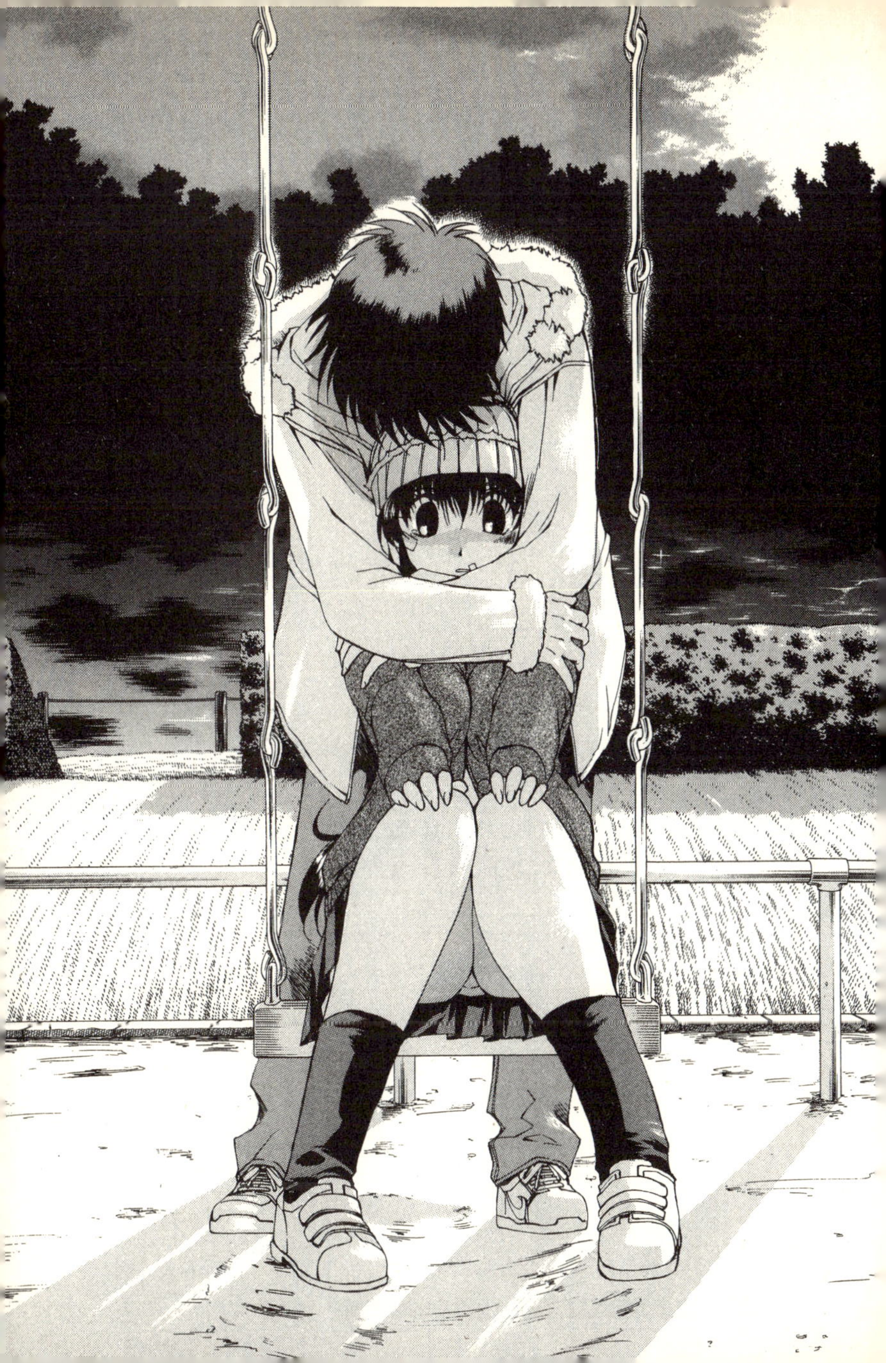

HUM...

MIKURU...
COMMENT TE DIRE... JE...
SI JE PEUX T'AIDER... N'HÉSITE PAS...
TU NE DEVRAIS PAS... RESTER SEULE DANS TON COIN...
D'ACCORD ?
COMMENT AI-JE OSÉ LUI DIRE TOUT ÇA ?
JE COURS À LA CATASTROPHE... ELLE VA ME FLANQUER UNE GIFLE, C'EST SÛR... ELLE DOIT ÊTRE VACHEMENT EN COLÈRE...
REPOSE-TOI BIEN, SALUT !
GLOUPS
JE VIENS DE SIGNER MON ARRÊT DE MORT...
AUTO CHÂTIMENT...
キュッ
TCHOP

OUiiin!!
OUiiN !
OUiiN
SI-LENCE !
OUARF !
TU VAS DANS LA SALLE DE BAINS ?
NON, PAS MAINTE-NANT...
はわ
PWOUAH

SIDE PIECE G :
MINIMUM CARTRIDGE...
ギ
TOMF
うわははははは
WAHAHAHAHAHAHA
J'ESPÈRE QUE LE PETIT NOUVEAU A BIEN COMPRIS COMMENT ON ARRÊTE LES MALFRATS !
JE VOUS SIGNALE QUE C'EST MOI QUI AI TRAQUÉ CE VOYEUR DES TOILETTES PUBLIQUES...
IL M'ÉPUISE...
HAH
HAH
KOF
KOF
JE PEUX SAVOIR CE QUE VOUS FAITES AVEC CE BOUQUET DE FLEURS ?
VOUS NE L'AVEZ PAS LÂCHÉ DE LA JOURNÉE.

JE VAIS VOUS EXPLIQUER, C'EST TRÈS SIMPLE.
C'EST UNE DE MES FANS QUI M'A OFFERT CE BOUQUET.
CES FLEURS VOUS FERONT PENSER À MOI...
COMME C'EST GENTIL...
UN HOMME DE MA QUALITÉ A BEAUCOUP D'ADMIRATRICES !
CELA NE RISQUE PAS D'ARRIVER À QUELQU'UN D'AUSSI VULGAIRE QUE TOI !
PRÉTENTIEUX !
IL N'Y A QU'À CEUX QUI FONT PARTIE DE L'ÉLITE QUE CELA ARRIVE !♡
ATTENTION, JE TOURNE.
CRIIISSS
ARRÊTE LA VOITURE !
HEIN ? MAIS, ET LE PRISONNIER ?
JE VAIS JUSTE DÉPOSER CE BOUQUET.
ATTENDEZ-MOI LÀ...

UN POLICIER D'ÉLITE COMME MOI SE DOIT D'ÊTRE AU COURANT DE TOUT CE QU'IL SE PASSE DANS SA VILLE.
HUM...
STAP
STAP
IL EST FATIGANT.
COMME JE VOUS PLAINS. JE PEUX ?
TIENS !
IL M'ÉPUISE.
C'EST INJUSTE !

PFFFF...
VRAIMENT TRÈS INJUSTE.

LE JAPON BAIGNE DANS UN TOURBILLON OÙ SE CONFONDENT LA LUMIÈRE ET LES TÉNÈBRES.
TOUS CES JEUNES VOLONTAIRES, FIERS REPRÉSENTANTS DE LA JUSTICE, SE BATTENT POUR ÉLIMINER CETTE PÈGRE QUI GANGRÈNE LE PAYS.
ACTE 19 : MIND SET
ILS ONT PRÊTÉ SERMENT ET PORTENT UNE ARME.
SHLACK
QUI SONT-ILS ?

VOUS ÊTES EN ÉTAT D'ARRES-TATION !
ILS FONT PARTIE DE LA BRIGADE D'INTERVEN-TION… CE SONT LES AGENTS DE LA POLICE CIVILE.

ACTE 19 :
MIND SET

SUR LE PANNEAU, LYCÉE OHDORI.

JE NE VOIS RIEN...
OÙ SONT LES FILLES ?
POUSSEZ-VOUS UN PEU...
HOP
HOP
TAMURA, TSUCHIDA, NAKAGAWA HAYASHI-BARA
LA 2e D...
NOGAWA, SONOBE, UJIÉ ET MASUMI SONT DANS LA MÊME CLASSE...
...
ALORS...
KOYAMA, SHIRAISHI SHIONO
LÀ !
JE L'AI TROUVÉ !
PFFF...

TU ES SI HEUREUSE D'ÊTRE DANS LA MÊME CLASSE QUE MOI ?
BYAA AAH ?!
GNUT
MASUMI, T'ES MALADE !
SALUT, TU VAS BIEN ?
SALUT !
SSSST
J'AI VU QUE CETTE ANNÉE...
ON EST ENCORE DANS LA MÊME CLASSE.
IL Y A UN VOYAGE DE PRÉVU, AU PROGRAMME !
ON VA BIEN S'AMUSER !
ÇA SE PASSE BIEN POUR EUX AUSSI.
YOUPI !
YOUPI !
C'EST LE PIED !
PAS DE BOL !
LES GARÇONS ONT PRIÉ TRÈS FORT POUR ÊTRE AVEC TOI.
EH BEN... QUELLE EUPHORIE, DIS DONC...

WHAAA
ON EST LES MEILLEURS !
OUPS
VIC-TOIRE
HIHI
QU'EST-CE QUI TE FAIT SOURIRE COMME ÇA ?
RIEN DU TOUT.
GRATT'
GRATT'
SUPER
C'EST PARTI POUR UNE NOUVELLE ANNÉE !
ON TE REJOINT !
MIKURU...

BONJOUR, C'EST MOI.
HEIN... ?
J'ÉTAIS SÛRE QUE TU T'INSCRIRAIS DANS CE LYCÉE !
L'UNIFORME TE VA BIEN.
JE TE REMERCIE DE T'OCCUPER DE MON FRÈRE.
NOTRE LYCÉE EST RÉPUTÉ POUR AVOIR UN NIVEAU TRÈS ÉLEVÉ EN SPORT.
JE SUIS SÛRE QUE TU T'Y PLAIRAS, AYUNA.
JE CROIS QUE C'EST TA MATIÈRE PRÉFÉRÉE, LE SPORT ?
JE NE VOUS CACHE PAS QUE C'EST POUR CETTE RAISON QUE JE SUIS LÀ.
J'AI ENVIE DE CONTINUER L'ATHLÉTISME.

N'HÉSITE PAS À VENIR ME VOIR SI TU AS BESOIN.
JUSTE-MENT...
JE PEUX TE POSER UNE QUES-TION ?
OUI, VAS-Y, JE T'ÉCOUTE.
QUE S'EST-IL PASSÉ ENTRE MON FRÈRE ET TOI ?
HUMPF
HEIN ?
QU'EST-CE QUE J'AI ENTENDU ? ♡
DU CALME !!
RIEN DU TOUT !
GRATT
GRATT
ALLONS PARLER AILLEURS, LOIN DES OREILLES INDIS-CRÈTES.
JE NOTE ! JE NOTE !
GRUMPF
OUST
JE RECONNAIS QU'ELLES SONT UN PEU PARTI-CULIÈRES...
UNE, SURTOUT
TU ES UNE FILLE TRÈS FORTE, MIKURU.
VRAI-MENT TRÈS FORTE...
BIEN PLUS FORTE QUE MON FRÈRE...
TU...

TU ES LA SEULE QUI PUISSE PROTÉGER MON FRÈRE.
JE T'EN PRIE.
MAIS...
FRISH
GNNT

PLUS PERSONNE N'E DOIT MOURIR.
JE FERAI TOUT MON POSSIBLE, AYUNA...
OH...
JE SAIS...
J'AI COMPRIS !
CE N'EST PAS MOI QUI PEUX FAIRE SURGIR CETTE FORCE QUI SOMMEILLE EN MOI...
CE SONT CEUX QUI M'ENTOURENT QUI LA NOURRISSENT.
C'EST GRÂCE À EUX...

ILS NE SONT PAS LÀ POUR ÊTRE PROTÉGÉS...

MAIS POUR M'AIDER !

ON EST ENCORE DANS LA MÊME CLASSE, SHIRAISHI.
C'EST UNE SACRÉE SURPRISE !
JE NE M'Y ATTENDAIS PAS.
TOUT SE PASSE BIEN POUR TOI ?
OUI, SAUF QUE J'AI PEUR À LA TOMBÉE DE LA NUIT.
C'EST TOUT.
SI TU VEUX, JE PEUX TE RACCOMPAGNER...
MAIS NE DIS À PERSONNE QUE JE FAIS PARTIE DE LA POLICE CIVILE.
NON... CE SERA NOTRE SECRET.
PAPA, JE DOIS ASSURER LEUR PROTECTION JUSQU'AU BOUT !
MIKURU A BESOIN QUE JE SOIS À SES CÔTÉS...
HÉ !
STAP

ATTENTION !
SLAM
SLAP
GNNT
OUPS !
C'EST TOUT MOU.
ZUT
GNUT
PARDON, C'EST PAS CE QUE TU CROIS !
C'ÉTAIT SUPER AGRÉABLE !
MAIS QU'EST-CE QUE JE DIS, MOI ?

GRATT! GRATT!
ポリポリ
EUH... JE... ENFIN...
ÎL A PRIS SES SEINS À PLEINES MAINS !
オオオォ
OH LALALALA !
QUEL VICIEUX !
NON, NON...
PERVERS !
ピキ
GLOUPS
KINA... JE NE BAISSERAI PAS LES BRAS.

ドキ
TODOM
ドキ
TODOM
ドキ
TODOM
JE NE PEUX VRAIMENT PAS COMPTER SUR MON COÉQUIPIER.
MONSIEUR, C'EST UN GROS VICIEUX !
LAISSEZ-MOI VOUS EXPLIQUER !

* CÉLÈBRE ACTEUR JAPONAIS.

JE SAIS BIEN QUE TU N'AIMES PAS BEAUCOUP VENIR DANS MON BUREAU, MAIS...
TU POURRAIS QUAND MÊME ÊTRE PLUS SOURIANTE.
TU T'ES BATTUE AVEC LA PETITE, IL PARAÎT ?
NE SOIS PAS SI ORGUEILLEUSE...
HOP
HOP
BON... REVENONS-EN À NOS MOUTONS !
IL EN A TROP DIT...
VOUS SAVEZ...
ちょいちょい PWOF
ちょいちょい PWOF
EN FAIT...
ぱか TCHAC
ELLES S'ENTENDENT BIEN...
TOUTES LES DEUX !
ぱん BAM
くね FLUMP
くね FLUMP
JE NE COMPRENDS RIEN À CE QU'IL RACONTE !
C'EST QUOI CES SINGERIES ?
JE NE VOIS PAS LE RAPPORT, D'AILLEURS...
ALORS ?!
JE VOULAIS TE MONTRER ÇA !
MON CORPS ET MES NEURONES SONT COMPLÈTEMENT PARALYSÉS...
ON M'A CHARGÉ D'EXPERTISER CETTE ARME À FEU D'UN GENRE TRÈS PARTICULIER.
JE CROIS SAVOIR QUE TU ES UNE SPÉCIALISTE, NON ?

ON DIRAIT UNE DE CES RÉPLIQUES BON MARCHÉ À DEUX COUPS, QUE L'ON PEUT TROUVER CHEZ N'IMPORTE QUEL REVENDEUR.
BELLE FABRICA-TION, EN TOUT CAS.
MAIS VU SON ÉTAT, ÇA VA ÊTRE IMPOSSIBLE DE TROUVER LE MOINDRE INDICE.
ET SANS INDICE, PAS DE PREUVES.
LÀ, TU ME POSES UNE COLLE !
ON TRAVAILLE JUSTEMENT SUR CETTE AFFAIRE, MAIS J'AVOUE QUE...
JE N'AVAIS ENCORE JAMAIS VU ÇA.
ON NE DISTINGUE PLUS QUE SA FORME GÉNÉRALE.
J'AI QUAND MÊME PU FAIRE UN MOULAGE DES RAYURES DU CANON. JETTE UN ŒIL LÀ-DESSUS.
PAF
IL SEMBLE-RAIT QUE...
CETTE ARME...
AIT SERVI À TIRER...
SUR UN DE NOS ANCIENS AGENTS.

À EN JUGER PAR LA FAÇON DONT CETTE ARME A ÉTÉ DÉTRUITE...
IL DOIT SÛREMENT S'AGIR D'UN AMATEUR...
J'ENTENDS PAR LÀ QUE CE N'EST PAS UN TUEUR DANS L'ÂME.
ON DEVRAIT LE RETROUVER RAPIDEMENT...
QU'EN PENSES-TU, SHIKIÉ ?
...
C'EST PAS DE MON RESSORT !
QUOI ?
JE N'ENQUÊTE QUE SUR LES TRAFIQUANTS, JE NE M'OCCUPE PAS DES ASSASSINS.
STAP
STAP
MAIS SI ÇA PEUT TE FAIRE PLAISIR, JE PEUX TOUJOURS PRENDRE CE DOSSIER POUR L'ÉTUDIER.
JE TE REMERCIE, AU REVOIR !
SACRÉ NUMÉRO...
TU VAS RESTER LÀ LONGTEMPS ?
JE N'EN VEUX PAS ICI !
AH...
AH...
HIC
HIC

STAP
STAP
KINA...
MONJO !
VIDEO DVD レンタル I/O アイ・オー
I/O
GRAND FRÈRE, JE SUIS LÀ !
ARRÊTE, JE N'AIME PAS ME FAIRE REMARQUER.
CE N'EST PAS LE FILM QUE TU VOULAIS VOIR ?
SI, C'EST BIEN CELUI-LÀ.
PARFAIT, ON VA LE LOUER ! ♡

QUAND EST-CE QUE TU AURAS LE TEMPS DE LE REGARDER ?
DEMAIN, TU N'ES PAS DE PERMANENCE. ALORS, ON AURA TOUT LE TEMPS !
JE PASSE À LA CAISSE.
TU PRENDS MON CARTABLE ?
D'ACCORD !
POUR 48 HEURES.
♪
DIS...

OUI ?
TWIP
TWIP
NON, RIEN...
MERCI DE VOTRE VISITE.
STAP
IL TE RESTAIT ENCORE DE L'ARGENT ?
PLUS MAINTENANT !
QUELLE RESSEMBLANCE !
JE COMPTE SUR TOI POUR M'EN REDONNER !♡
TU EXAGÈRES...
C'EST FLAGRANT !

ACTE 20 : PARABELLUM

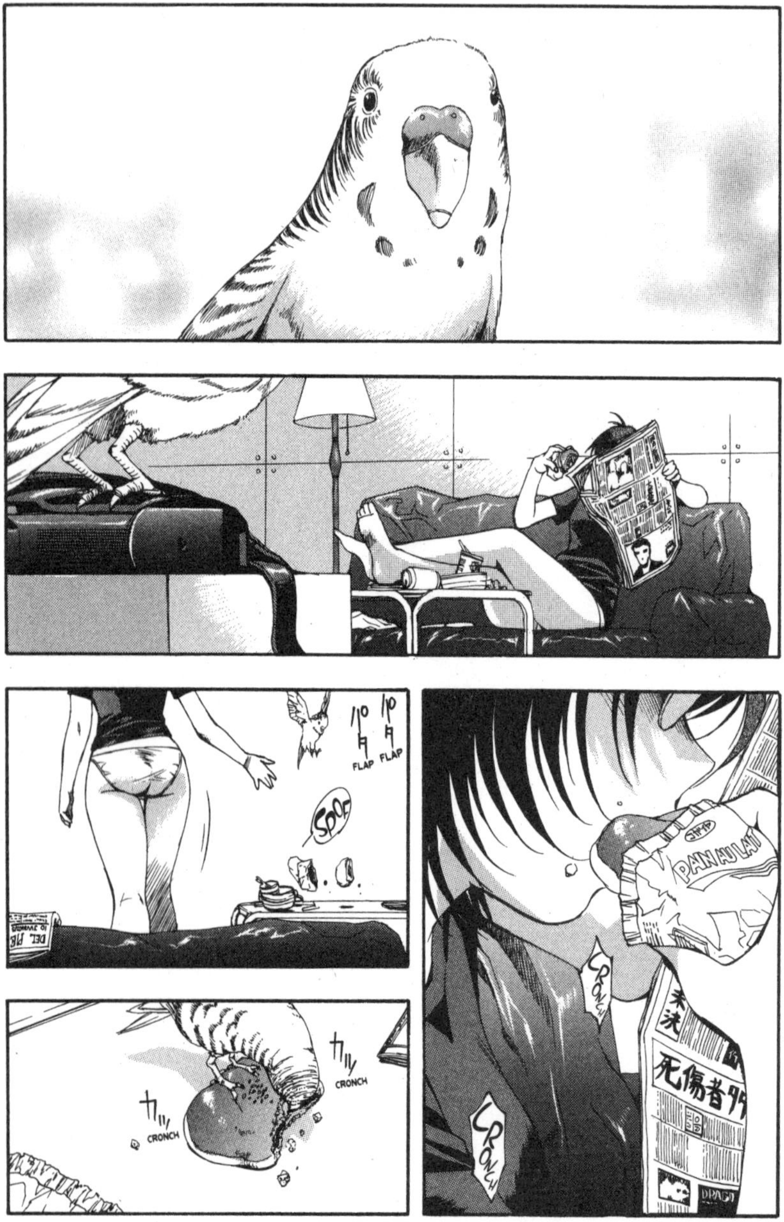

パタ パタ
FLAP FLAP
SPOF
PAIN AU LAIT
CRONCH
CRONCH
未決
死傷者
カリッ
CRONCH
カリッ
CRONCH

SHLING
C'EST L'ARME QUI A TUÉ KINA ?

...
ET...
ON CONNAÎT LE MEURTRIER ?
SDAM
NON, DEMANDE À SHIKIE, C'EST ELLE QUI S'OCCUPE DE CETTE AFFAIRE.
POM
POM
...
GRUMPF
VOUS ÊTES VRAIMENT COMME CHIEN ET CHAT !
C'EST RIDICULE !
JE VAIS FAIRE UNE DEMANDE AUPRÈS DE L'ENQUÊTEUR !
DEMANDE REJETÉE !
ELLE LES DÉGOMME TOUS, VOUS SAVEZ ÇA ?
PLOF
LAISSEZ-MOI Y ALLER !
CHEF, ON EST PRÊTS !
N'EMPIÈTE PAS SUR LE BOULOT DES AUTRES, C'EST COMPRIS ?
C'EST POUR KINA QUE...

FAIS CE QUE JE TE DIS !
DÉPÊCHE-TOI, IL Y A UN BRAQUEUR DE BANQUE QUI T'ATTEND !
GYAAAAH
MON ENQUÊTE...
INTERVENTION DES LIGHT KNIGHTS B !
C'EST INCROYABLE, ON DIRAIT QUE TU CONNAIS CETTE ZONE COMME TA POCHE !
EN TOUT CAS, BRAVO...
NE ME DIS PAS QUE TU AS GRANDI ICI...
SBOOM
À MON AVIS, ON FERAIT MIEUX DE NOUS METTRE D'ACCORD SUR UN PLAN, RUSSKOV.
TU N'ES PAS OBLIGÉ DE ME SUIVRE, ZOH HANATOMO.
BON SANG !

PLUTÔT GORE, COMME DÉCO...
MAIS, ÇA VA BIEN AVEC L'ENDROIT...
C'EST MON SANG...
QUOI ?
J'AI RENDEZ-VOUS, DÉGAGEZ !
OUAIS !

ON EST AU COURANT.
GLOUPS !
TSAM
DONNEZ-NOUS VOS ARMES.
FWOF
IL S'APPELLE REVIENT...
TCHAF
VOUS AVEZ DIX MINUTES...
ET PAS UNE DE PLUS !
TU AS DE SUPER POTES, DIS DONC !
OUAIS !

BIENVENUE CHEZ MOI, COMMISSAIRE SHIKIÉ.
TU TRAVAILLES AVEC LA POLICE CIVILE, MAINTENANT ?
COMMENT VA LE PETIT SHIRAISHI ? IL DOIT ÊTRE CHOUCHOUTÉ...
JE N'AI PAS DE TEMPS À PERDRE.
JE T'EN PRIE, ASSIEDS-TOI.
SGLANG
AVEC PLAISIR.
TU NE CHANGERAS DONC JAMAIS ?
QUE ME VAUT L'HONNEUR DE TA VISITE ?
JE VEUX SAVOIR QUI S'AMUSE À BRICOLER DES ARMES À FEU.
JE SAIS QUE TU ES AU COURANT DE TOUT CE QUI SE PASSE DANS CETTE VILLE.
IL S'AGIT D'UNE ARME CONÇUE POUR ÊTRE DÉTRUITE APRÈS USAGE, AFIN DE NE LAISSER AUCUNE PREUVE.

JE NE SAIS RIEN FAIRE D'AUTRE QUE DE GÉRER DES IMMEUBLES.
ELLE LES COLLECTIONNE ?
NE VA PAS T'IMAGINER QUE JE SUIS EN TRAIN DE T'ACCUSER, LADY A.
MAIS CETTE HISTOIRE POURRAIT TE PORTER PRÉJUDICE.
NE TOUCHE PAS À ÇA, VEUX-TU ?
OK, OK !
OUH LAAAH
SBLOM
SGLING
SGLONG
SGLANG
...
PLING...
LALA
LALALA
DÉSOLÉE DE NE PAS POUVOIR T'AIDER.

JE SUIS VRAIMENT NAVRÉE...
AGENT SHIKIÉ.
PAS AUTANT QUE MOI, LADY A.
EXCUSEZ-NOUS POUR LE DÉRANGEMENT. ON Y VA, HANATOMO !
MOI, C'EST ROSS !
À PLUS
SALUT, MEC !

VLAF
POUR-QUOI TU NE PRENDS PAS L'ARME QUE TU AVAIS ?
ELLE EST PASSÉE ENTRE LEURS MAINS, ET JE NE LEUR FAIS PAS CONFIANCE.
TCHACK
IL VAUT MIEUX PRENDRE DES PRÉCAUTIONS, SI TU VEUX RESTER EN VIE.
TU NE PERDS JAMAIS TON SANG-FROID, TOI !?
ÇA ALORS !
CLACK
ILS ONT RETIRÉ LES BALLES ET FAUSSÉ LE VISEUR !

SLARF
VLAM
STAP
STAP
ILS SORTENT D'OÙ, CES TYPES ?
LADY A A LÂCHÉ SES CHIENS.
JE CROIS QU'ILS VIENNENT CHERCHER LEUR DÛ.
QUEL DÛ ?
MOI, JE SUIS FAUCHÉ.
ILS NE NOUS ONT DONNÉ AUCUNE INFO.
C'EST LEUR FAÇON DE FAIRE, ICI.
SLURP !
ZOH HANATOMO, RETOURNE DANS LA BAGNOLE.

C'EST UNE ADEPTE...
DE LA VIOLENCE CRUE ET DIRECTE.
PAS UN GESTE... LÂCHEZ MON COÉQUIPIER !
BANG
JE RIS !
TON HÉSITATION A DÉJÀ FAIT UNE VICTIME, IL FAUT TIRER, PETITE !

IL NE FAUT PAS HÉSITER...
SI TU NE VEUX PAS FAIRE DE VICTIMES !
TODOM
NE RESTE PAS LÀ, C'EST DANGEREUX.
J'AVAIS OUBLIÉ DE LE RECHARGER.
CLIC
CLIC
JE N'AI PAS ENVIE DE PASSER À CÔTÉ D'UN EXPLOIT.
SHLACK
AH !
BANG
BRATATATA
CLING
CLING

BLAM
URGH !
PFUNT
ZARF
AH...
BRATATATA
VLARF
NE LE TUEZ PAS !

BANG
BANG
AR GH !
SAAAP
MÊME SI J'HÉSITE...
ZARF
HUGH
EUX, N'HÉSITERONT PAS À TIRER.
GYAAAAAH !

À MA PLACE, TU FERAIS QUOI ?
SCHLING
ALORS ?
ZERO-IN
ES-PÈ-CE DE...
BURST!!

BOM
EN AVANT !
SDAM
SDAM
CLICK
ZERO OUT
IMMOBILISATION TERMINÉE !
VIENS
SNIF
SNIF

TU N'ES PAS BLESSÉE ?
ALLEZ, N'AIE PAS PEUR.
PAS UN GESTE !
AÏE...
ON LES EMMÈNE !
EM-BARQUEZ-LES !
MI-KURU !
OUILLE
DAM
DAM
STAP
STAP

TOUT VA BIEN...
ZOH HANATOMO ?
JAMAIS, J'AI LE DROIT DE TIRER ?
J'AI PASSÉ MON TEMPS À ME PLANQUER !
BIBIBIP
J'AIME-RAIS UNE EXPLICA-TION.
ET JE M'APPELLE ROSS, T'ES BOUCHÉE ?
CLAC
TU N'ES PAS CAPABLE DE TUER UN HOMME...
ZOH HANATOMO.

ACTE 21 :
TURKEY SHOOT

CLANG
CLANG

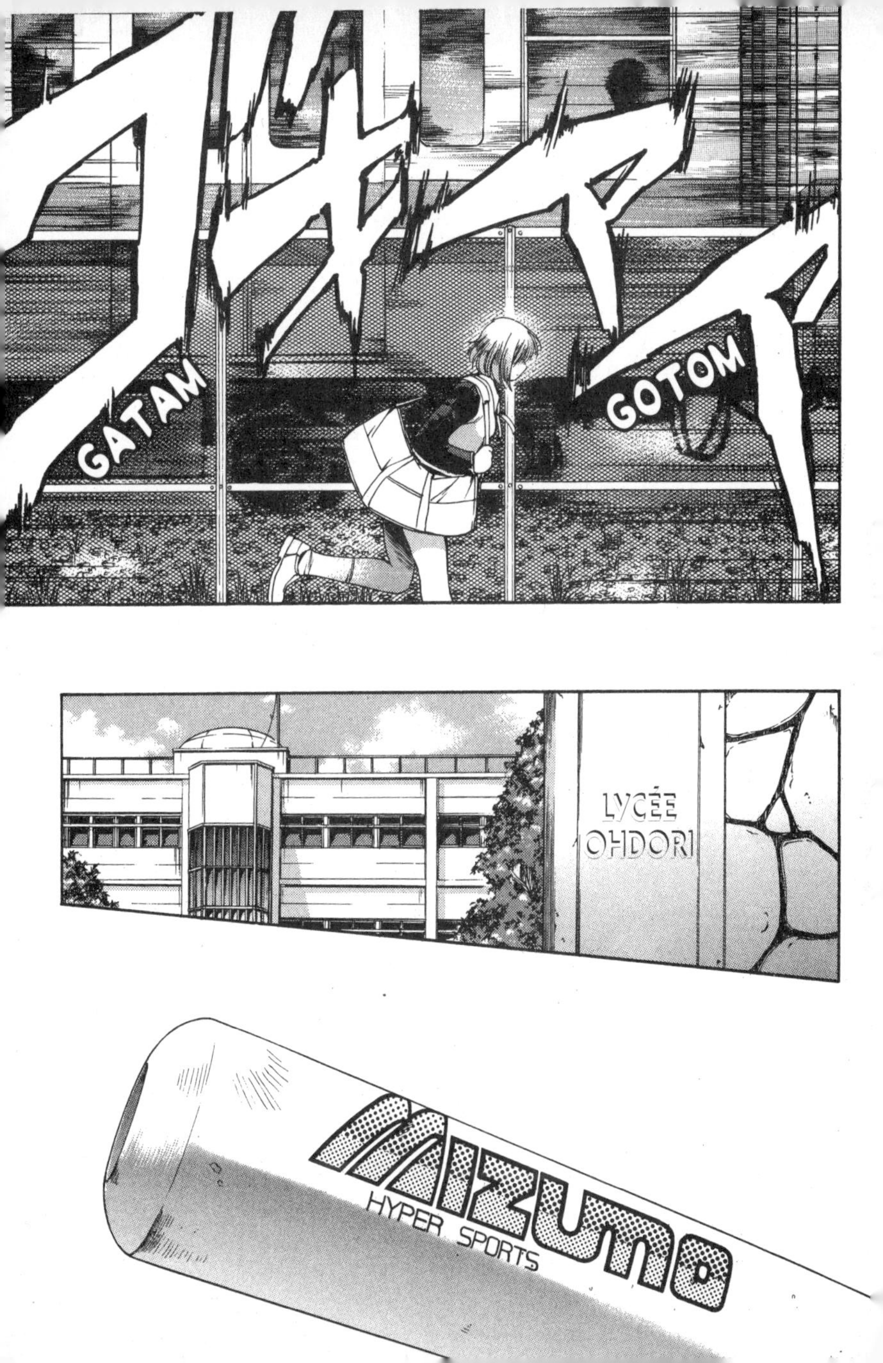
GATAM
GOTOM
LYCÉE
OHDORI
MIZUMO
HYPER SPORTS

C'EST À MOI !
HUM
BAT'
GRR
À NOUS DEUX, MÔSSIEUR SHIRAISHI !
ZARF
ZARF
IL A LA TROUIL-LE !
BLABLA
COURAGE, SHIRAISHI !
WADA EST REDOUTABLE !
ET LE PUBLIC EST TROP BRUYANT !
VAS-Y, SHIRAISHI !
HEEE !
JE DOIS LUI MONTRER DE QUOI JE SUIS CAPABLE !

JE VOIS QUE TU VEUX JOUER LES HÉROS !
PRENDS ÇA
FLIP
FRAPPE !
C'EST LE COURS DES GARÇONS.
AÏE !
FLOP
NOTRE CLASSE A PERDU CINQ MANCHES.
MAIS ILS PEUVENT ENCORE GAGNER LA DERNIÈRE.
ILS N'ONT PLUS AUCUNE CHANCE.
SASAKI
AVEC SHIRAISHI, ON NE SAIT JAMAIS CE QUI VA SE PASSER.
PANIQUE PAS !
ALLEZ, ALLEZ !
SI ON PARIAIT UNE CANETTE DE SODA ?
D'ACCORD !
MIKURU, TU PARIES ?
SASAKI
JE JOUE AUSSI.

TU VAS FINIR PAR TE FAIRE CONFIS-QUER TON PORTABLE !
C'EST PAS LE MOMENT DE TÉLÉPHONER.
TU AS RAISON ! CACHE-MOI, JE N'EN AI PAS POUR LONGTEMPS !
TCHOF
QU'EST-CE QUE TU REGARDES ?
C'EST UN SECRET. ♡
LES DÉLINQUANTS SEXUELS PASSENT À L'ACTE. DE NOUVELLES VICTIMES ONT ÉTÉ RECENSÉES CES DERNIERS JOURS...
COMME TU VOUDRAS, MOI JE PARIE.
LE SITE INTERNE NE NOUS DONNE PAS BEAUCOUP D'INFOS...
SI SEULEMENT JE POUVAIS CONSULTER LES DOSSIERS DE L'AUTRE FOLLE...
JE PARIE POUR TROIS TOURS !
ET MOI, UNE GROSSE GAMELLE !
MOI, UN FLY HORS TERRAIN.
AUCUN ESPOIR POUR LUI.
C'EST SHIRAISHI, LE BATTEUR ET WADA AU LANCER ?
CLAC

WAH
WAH
IL VA ESSAYER DE L'INTIMIDER DÈS LE PREMIER LANCER, SHIRAISHI FRAPPERA LA BALLE DE FACE ET GAGNERA LE POINT.
ぱん PAF
ぱん PAF
C'EST LE DERNIER BATTEUR ET IL SAIT QUE LES BASES SONT TOUTES OCCUPÉES... C'EST DONC DANS LA POCHE.
JE VAIS ALLER CHOISIR MON SODA.
VLORF
ATTENDS, C'EST PAS ENCORE GAGNÉ... !
LA GAMELLE !
DEAD BALL !
IL A MANGÉ LE SABLE !
BRAVO SHIRAISHI !
...
ALORS LÀ, CHA-PEAU !
HUMPF
EH BEN
WHAA !
GRATT' かき
GRATT' かき
ET, OÙ EN EST SHIRAISHI ?
IL A COMMENCÉ À MONTER UN DOS-SIER.

TU AS FAIT UN TRAVAIL REMARQUABLE, J'ESPÈRE QUE LE CHEF NE SE DOUTE DE RIEN.
OUILLE
ARRÊTE DE BOUGER.
JE NE PENSE PAS, J'AI MENÉ MON ENQUÊTE LE PLUS DISCRÈTEMENT POSSIBLE.
ÇA N'A VRAIMENT PAS ÉTÉ FACILE, VU LA QUANTITÉ DE DÉLINQUANTS SEXUELS QUI SE BALADENT EN LIBERTÉ, MAIS J'ESPÈRE QUE ÇA POURRA TE SERVIR.
HUM HUM
C'EST PARFAIT ! TU ES UN COÉQUIPIER GÉNIAL !
C'EST L'HEURE DE DÉJEUNER.
FLAP
ÇA VOUS DIT DE MANGER ?
J'AVAIS CARRÉMENT OUBLIÉ L'HEURE !
MIKURU...
J'AI ENTENDU DIRE QUE TU NE MANGEAIS QUE DES PETITS PAINS... TIENS, C'EST POUR TOI.
EUH... C'EST TOI QUI L'AS CUISINÉ... ?
OUI, TU DOIS PRENDRE DES FORCES POUR ARRÊTER L'ASSASSIN DE KINA.
SUPER
WOUAP
FORMIDABLE !
JE T'ENCOURAGERAI !

OUIII-IIICHE ! ♡
QUEL BONHEUR
OUICHE ?
BON APPÉTIT !
C'EST DÉLICIEUX !
HI HI...
MERCI...
TCHOF
TIENS ?
ÇA ALORS !
はぐ MIAM
はぐ MIAM
TU T'ES ENCORE AMÉLIORÉE, DIS DONC ?!
C'EST SUCCULENT !
VRAIMENT, TU TROUVES ?
OH...
ÇA ME FAIT PLAISIR !
C'EST GRÂCE AU CAHIER DE RECETTES DE KINA...
QUAND JE VOIS AYUNA...
J'AI L'IMPRESSION QUE KINA N'EST PAS LOIN...
C'EST PAS UN PEU EXAGÉRÉ... ?
C'EST TERRIBLEMENT BON ♪

NON... C'EST À CAUSE DE L'ENDROIT OÙ A EU LIEU LE CRIME.
ELLE NE VIVAIT PAS PARTICULIÈREMENT DANS LE LUXE ET ELLE A ÉTÉ ABATTUE DE SANG-FROID.
C'EST CE QUI ME FAIT PENSER QU'ELLE ÉTAIT TRAQUÉE DEPUIS LONG-TEMPS.
C'EST UN VOLEUR QUI A AGRESSÉ KINA...
POURQUOI CHERCHES-TU DU CÔTÉ DES DÉLIN-QUANTS SEXUELS ?
REGARDE ÇA.
SHRIF
ELLE T'AVAIT PARLÉ DE QUELQUE CHOSE ?
TU PENSES QU'UN DE CES TYPES AURAIT ÉTÉ CAPABLE DE FAIRE ÇA ?
OUI, ABSOLU-MENT !
LES EXEMPLES NE MANQUENT PAS !
CES TYPES NE SE REMETTENT JAMAIS EN QUESTION...
ILS N'ÉPROU-VENT PAS LA MOINDRE CULPABILITÉ ET DONC RIEN NE PEUT LES ARRÊTER.
JE NE VOULAIS PAS TE FAIRE PEUR, PARDON.
JE N'AURAIS PAS DÛ TE PARLER DE ÇA EN MANGEANT !
NON, ÇA VA...
AYUNA, PROMETS-MOI DE BIEN FAIRE ATTENTION À TOI !
D'ACCORD ?
OUI, OUI...

EUH, KOH...
JE T'AI CHERCHÉ PARTOUT ! ♡
C'EST TOI, NOMI-HARA ?!
OUH LÀ LÀ LÀ !
SDOM
SDOM
?
HAHAHAHA, OUI, C'EST ÇA, ON RÉVISE !
AU FAIT, COMMENT VONT TES BLESSURES ?
TU AS ÉTÉ GÉNIAL.
TU M'AS FAIT PEUR, N'EMPÊCHE !
NAZUMÉ... TU EN AS DE LA CHANCE DE RÉVISER AVEC LUI !
J'AI L'HABI-TUDE.
JE SUP-PORTE BIEN LA DOULEUR.

TU NE PEUX PAS RESTER COMME ÇA ! JE T'AI RAMENÉ DES ANTIDOULEURS DE L'INFIRMERIE !
ELLE EST DÉCIDÉE !!
À PART QUELQUES ÉGRATIGNURES SUR LE VISAGE, JE N'AI RIEN !
LAISSE MES VÊTEMENTS !
ANTI-BOBO
MÉDI-CAMENTS
INFIRMERIE
SDAM
SDAM
SDAM
SDAM
SDAM
AH...
つるん
GLISS'
SDENG
AÏE !
PLOTCH
GELFROUAH
えぐ
SNIF
えぐ
SNIF
MERCI, SHIRAISHI.
C'EST GENTIL.
TU TOMBES TRÈS SOUVENT...
ELLE EST GOURDE...
TRÈS GOURDE...
LA VACHE !
INCROYABLE !
HALLUCINANT !

SNIF
...
C'EST QUI... ELLE ?
C'EST AYUNA, MA PETITE SŒUR.
FWOF
BONJOUR !
J'AI CRU QUE C'ÉTAIT UNE NOUVELLE RIVALE... ELLE EST MIGNONNE !
ILS NE SE RESSEMBLENT PAS BEAUCOUP... C'EST PEUT-ÊTRE SA DEMI-SŒUR.
QU'EST-CE QUE JE DIS ? C'EST N'IMPORTE QUOI !?
TODOM
TODOM
POURTANT, JE N'AI JAMAIS VU UN FRÈRE ET UNE SŒUR S'ENTENDRE AUSSI BIEN. JE SUIS SÛRE QU'ELLE EST... QU'ELLE EST... JE N'OSERAIS JAMAIS LUI POSER LA QUESTION !
SI TU PENSES À VOIX HAUTE, ON T'ENTEND...
MIKURU
SDENG
HEIN ?
JE SUIS CONFUSE ! QUELLE HONTE ! PARDON !
OUIN NNN NNN !
SACRÉE PERSONNALITÉ...
HMMM
GELFROUAH
C'EST À MOI QU'ELLE VEUT PARLER, MAINTENANT !
SÉRIEUX ?

IL M'A DEMANDÉ DE L'AIDER POUR SES DEVOIRS D'ANGLAIS.
JE SUIS NÉE LÀ-BAS...
ET RIEN DE PLUS... !
N'EST-CE PAS ?!
OUI, OUI, MIKU... EUH, NAZUMÉ !
JE SUIS NUL EN ANGLAIS.
JE CROIS QUE ÇA MARCHE !
CHUCHOTE...
EUH...
OUPS
GELFROUAH
...
MÉDICAMENTS.
SLOMPF
ILS PEUVENT DIRE CE QU'ILS VEULENT...
JE VOIS BIEN QU'IL LA REGARDE AVEC BEAUCOUP D'AFFECTION...
IL FAUT DIRE QU'ELLE EST TRÈS JOLIE...
JE...
MAIS JE N'AI PAS DIT MON DERNIER MOT !

JE SAIS QUE TU AS DÉJÀ MANGÉ, MAIS...
GELFROUAH
JE T'AI APPORTÉ TON DÉJEUNER... TU VEUX BIEN...
Y GOÛTER ?
SUPER, ON N'A QU'À PARTAGER !
GELFROUAH
ぱあ WAH !
TU AS FAIT DES SANDWICHS ?
ぱく MIAM
ぱく MIAM
ILS SONT DÉLICIEUX !
GELFROUAH
CONTENTE QUE ÇA TE PLAISE ! ♡
J'AI MIS TROIS JOURS POUR LES FAIRE ! ♪
TROIS...
ピク HIC

QUEL COURAGE ! TU ES REMARQUABLE !
MERCHiii !
IL N'A PAS DÛ CAPTER...
ぱく MIAM
ぱくぱく MIAM
ぱく MIAM
EN MAi, iL NE FAiT PAS ENCORE BiEN CHAUD, iL Y A PEU DE CHANCE QU'iLS MOiSiSSENT.
KOH...
iL NE RESTE PLUS QU'À ESPÉRER QU'iL NE TOMBE PAS MALADE.
EN AMITIÉ, IL EST SUPER...
MAIS JE ME DEMANDE CE QU'IL VAUT EN AMOUR.
J'AIMERAIS BIEN LE SAVOIR.
HUM
...

AÏE !
POURQUOI TU ME PINCES... ?
POUR RIEN ! ♡
HI HI
にこー
SPLIF
TU AVAIS UN TRUC, LÀ.
GROOOOOH
VAS-Y, MANGE.
MERCI !
ÇA DEVIENT DE PLUS EN PLUS TENDU, JE ME DEMANDE POURQUOI.
IL FAUT LUI LAISSER LE TEMPS DE RÉALISER...
MIAM
MIAM
MIAM
FOUAAAAH
MATCH DE BASE-BALL
ON A PERDU, DOM-MAGE !
SHIRAISHI A ÉTÉ UN PEU DÉCEVANT, JE TROUVE.

TU VAS TENIR LE COUP, KOH ?
HUMPF !
BLURP
TU N'AURAIS PAS DÛ TE GOINFRER DE SANDWICHS PÉRIMÉS !
ALLEZ, AVANCE !
POURQUOI... PERSONNE NE M'A PRÉVENU...
QUAND ON EST FLIC, ON EST CENSÉ ÊTRE UN PEU PLUS MÉFIANT !
ÇA T'APPRENDRA ...
JE LEUR AI BIEN TROUVÉ UN PETIT GOÛT ACIDE, MAIS SANS PLUS...
GRUMBL
GRUMBL
SA MALADRESSE ME FAIT TELLEMENT PENSER À LA MIENNE...

J'AI EU ENVIE DE...
LUI FAIRE CE PETIT PLAISIR.
SACRÉ GRAND FRÈRE...
JE NE SAIS VRAIMENT PAS COMMENT ABORDER LE SUJET...
JE SENS QUE QUELQU'UN M'OBSERVE...
JE LE CONNAIS TROP BIEN POUR LUI EN PARLER.
SI J'EN PARLE AUX PARENTS, ILS VONT METTRE MON FRÈRE AU COURANT... JE VAIS ATTENDRE UN PEU AVANT DE PANIQUER TOUT LE MONDE.
SI ÇA SE TROUVE, C'EST MON IMAGINATION QUI ME JOUE DES TOURS !

RETOURNE À L'ÉCOLE, JE PEUX RENTRER TOUT SEUL.
TU VAS ÊTRE EN RETARD.
TU ES SÛR ?
TU NE PEUX PAS LOUPER TES ENTRAÎNEMENTS !
ILS RISQUERAIENT DE TE VIRER !
FWOF
HMM
BON, D'ACCORD...
N'OUBLIE PAS DE TE FAIRE PORTER PÂLE POUR CE SOIR !
TU LES APPELLES POUR LEUR EXPLIQUER !
NE T'INQUIÈTE PAS...
J'AI MAL AU CŒUR...
ON DISCUTERA QUAND TU SERAS RENTRÉE DE TON ENTRAÎNEMENT, D'ACCORD ?

TU...
HEIN ?
JE COMMENCE À BIEN CONNAÎTRE MA PETITE SŒUR.
IL Y A QUELQUE CHOSE QUI TE TRACASSE ?!
N'EST-CE PAS ?
OH, MAIS DIS DONC...
TU NE SERAIS PAS AMOUREUSE, PAR HASARD ?
JE FERAI MON POSSIBLE POUR T'AIDER, MAIS JE NE TE PROMETS RIEN !
TU AS DE LA CHANCE...
HEIN ?
D'AVOIR UN GRAND FRÈRE COMME MOI !
POF
ALLEZ, NE T'INQUIÈTE PAS !

ON NE PEUT...
RIEN TE CACHER !?
JE SAVAIS QUE TU TE DOUTERAIS DE QUELQUE CHOSE.
SNIF
SNIF
GRAND FRÈRE...
TU ES GÉNIAL !
HÉ HÉ...
ALLONS, NE PLEURE PAS !
TU FINIRAS BIEN PAR LE TROUVER TON PRINCE CHARMANT !
CE N'EST CERTAINEMENT PAS AVEC TOI QUE JE PARLERAIS DE MES PROBLÈMES DE CŒUR, MAIS MERCI QUAND MÊME ! ♡
OCCUPE-TOI PLUTÔT DES TIENS !
QUEL TOUPET !
SNIF

SUIS MON CONSEIL...
FAIS BIEN ATTENTION À TOI ET SOIS TRÈS PRUDENT !
STAP
...
IL ME FAIT BIEN MARRER...
IL VA RÉUSSIR À ME FAIRE CRAQUER...
GROUIC
J'AI MAL AU VENTRE...
IL VAUT MIEUX QUE JE RESTE À LA MAI-SON...
SI ÇA SE TROUVE, JE LE CONNAIS, CET ABRUTI...

J'AI MAL...
IL VA ME LE PAYER...
ME LE PAYER TRÈS CHER !
SHIRAISHI N'EST PAS ENCORE ARRIVÉ ?
OLICE CIVILE
PRLOUC
MIAM
MIAM
ANGE
DÉMON

CE N'EST PAS DANS SES HABITUDES D'ARRIVER EN RETARD.
LES ANIMAUX SONT INTERDITS !
MOI, JE TROUVE QUE LES ANIMAUX, ÇA DÉTEND ! ♡
PAS VRAI, MES PETITS ?
C'EST QUAND MÊME BIZARRE QU'IL N'APPELLE PAS...
GROUIIIIC
J'ESPÈRE QU'IL N'EST PAS MORT...
JE VAIS ALLER VOIR CE QU'IL FABRIQUE.
SAAP
NE TRAÎNE PAS, LE TEMPS NOUS EST PRÉCIEUX !
ZUT !
SBLING
BON SANG !
C'ÉTAIT MA TASSE PRÉFÉRÉE...

C'EST PAS MON JOUR DE CHANCE !
HÉÉÉ
RHAAAAAAH
ARGH!
STOMF
BOM
HAN !
HAN !
HUMPF !
BRR
BRR
DÉ... DÉGA-GE...

ESPECE ...
TOMF
TOMF
DE...
AARGH...
VLORF
QUELLE POISSE...
HAN !
HAN !
JE SUIS TROP FAIBLE...
ZARF
AAAAARGH !
ARGH !
GROOOOAH

RAAAAH !
HA
HA...
HI
HI...
AH...

HI HI...
JE ME MARRE...
JE SUIS FORT... ?
HI HI HI...
HA HA...

J'A-DORE !
C'EST PAS VRAI ?!

APPE-LEZ UNE AMBU-LANCE !
GLISS'
PRÉ-VENEZ LA POLICE !
C'EST TELLEMENT JOUISSIF !

ACTE 22 : HANGFIRE

HUM...
AH...
HUNGH !
JE SUIS FORT...

JE SUIS...
NYERK NYERK...
VISITES INTER-DITES

RUSSKOV NE VEUT RIEN ME DIRE À PROPOS DE LA CONVERSATION QU'ELLE A EU AVEC LADY A.
QUOI DE NEUF, CÔTÉ REVOLVER ? ÇA AVANCE, AU MOINS ?
J'AI BIEN L'INTENTION DE FAIRE BOUGER LES CHOSES.
ON CONNAÎT SON AGRES-SEUR ?
ELLE ME FAIT PITIÉ, LA PAUVRE... QUEL ABRUTI, CE CHOU !
IL N'Y A AUCUN TÉMOIN ET SHIRAISHI N'EST PAS EN ÉTAT DE PARLER.
JE COMPTE SUR VOUS POUR ME DONNER DES NOUVELLES DU CHOU-RAVE.
NE VOUS INQUIÉTEZ PAS, CHEF !
ET JE VEUX TOUT SAVOIR DANS LES MOINDRES DÉTAILS !
COMPRIS ?
VA REJOINDRE SHIKIÉ, JE N'AIME PAS LAISSER MES AGENTS SEULS.
AAAH !
VOUSH
MADE-MOISELLE, JE...
DAM
DAM
DAM
STAP
STAP

ぱし
TCHOP
LES VISITES SONT INTERDITES, MIKURU.
SBLARF
ESSAYE DE TE CALMER.
...
COMMENT VA-T-IL ?
IL N'A RIEN DE CASSÉ, MAIS IL N'A PAS ENCORE REPRIS CONNAISSANCE.
AH, IL N'A PAS ENCORE...
REPRIS CONNAISSANCE...

JE SUIS DÉSOLÉE, AYUNA...
TU N'AS PAS À T'EXCUSER, CE N'EST PAS TA FAUTE...
PRO-TÈGE MON FRÈRE !
JE SAIS QUE JE T'AVAIS DEMANDÉ DE LE PROTÉGER, MAIS TU N'Y ES POUR RIEN.
VOUS SAVEZ QUI L'A AGRESSÉ ?
NON...

SNIF
SNIF
HEUREUSE-MENT, ELLE SEMBLE BIEN ENCAISSER LE CHOC !
OUI...
CRAK
CRAK
OUIIIIN
ELLE EST TRÈS COURAGEUSE... CETTE PETITE.

STAP
STAP
VOTRE JEUNE COÉQUIPIER...
S'EST RÉVEILLÉ !
MAIS...
EUH...
QUI ÊTES-VOUS ?
303
303
KOH SHIRAISHI

GASP
PAPA
MAMAN
NE ME DITES PAS QU'IL...
CE N'EST QUE TEMPORAIRE...
IL EST ENCORE SOUS LE CHOC.
GRAND FRÈRE, C'EST MOI, AYUNA !
IL VA GUÉRIR, DITES-MOI ?!
IL NE VA PAS RESTER COMME ÇA ?!
TANT QUE NOUS NE LUI AVONS PAS FAIT TOUS LES EXAMENS, JE NE PEUX PAS ME PRONONCER...
IL A EU UN TRAUMATISME CRÂNIEN, DONC...
VOUS ALLEZ DEVOIR ATTENDRE AVANT DE POUVOIR LE QUESTIONNER.
MAIS...
AH !

ぽ NNGH...
GRAND FRÈRE... C'EST MOI, TU NE ME RECONNAIS PAS ?!
SALUT AYUNA, MAIS POURQUOI PLEURES-TU ?
JE SAIS, TU AS ENCORE FAIT PIPI AU LIT. TU DEVRAIS FAIRE ATTENTION, TU VAS BIENTÔT RENTRER AU CP !
まあ OH !
KWAAH ?
GASP
NAA-AAAAN !
TU ME FOUS LA HONTE, ARRÊTE !
OUILLE !
PAS DE VIOLENCE, ICI !
OUILLE !
OUILLE !
PAF
DOCTEUR
JE M'APPELLE ROSS !
JE M'APPELLE ROSS, ROSS, ROSS, ROSS...
ARRÊTEZ... J'AI MAL À LA TÊTE... AÏE...
GNA
QUEL ABRUTI, CELUI-LÀ !
SHKRRR
C'EST D'UN NOUVEAU COUP SUR LA TÊTE DONT IL AURAIT BESOIN !
C'EST POURQUOI !
SHKRRR
MAIS... C'EST UNE BONNE IDÉE, ÇA... POURQUOI PAS ?
JE NE SUIS PAS DE VOTRE AVIS, DOCTEUR.
PAROLES DE SCIENTIFIQUE...

,,,
CE SONT LES EFFETS PERSONNELS DE SHIRAISHI.
TOUT EST DÉJÀ PASSÉ AU LABO...
!
JE RETOURNE AU BUREAU.
OUI, MERCI.
MI-KURU ?
VLAM
QUI ÉTAIT CETTE JEUNE FILLE ?
TOUT EST TELLEMENT FLOU DANS MA TÊTE...
ボー
HMM

SALUT !
ATHLÉTIS
ON VA AU KARAOKÉ, TU NOUS REJOINS ?
NON, JE DOIS PASSER VOIR MON FRÈRE À L'HÔPITAL.
TCHACK
TU VAS RATER QUELQUE CHOSE, ON AVAIT INVITÉ PLEIN DE GARÇONS !
TANT PIS.
AH AH AH...
TIENS ?
QU'EST-CE QUE ÇA FAIT DANS MON CASIER, ÇA... ?
TU NE SAIS PAS À QUI APPARTIENT CE CD ?
AUCUNE IDÉE.

LAISSE-LE LÀ.
ON VIENDRA BIEN LE RÉCUPÉRER.
OUI, BONNE IDÉE.
JE SUIS CREVÉE.
STAP
STAP
CLOC
CLOC
OUF !
TIENS, LE CD N'EST PLUS LÀ !
TANT MIEUX, C'ÉTAIT JUSTE UNE ERREUR.
JE ME CHANGE ET JE VAIS ALLER VOIR MON FRÈRE.

IL NE T'A PAS PLU ?
NYAO
BLAM
TU M'AS FAIT PEUR !
UN...
UN MES-SAGE... ?
QUI A ÉCRIT ?
HÔPITAL

ATTENTION, TU VAS TE TACHER !
しゃり CRUNCH
しゃり CRUNCH
JE VAIS T'AIDER.
ALORS, TU ES PASSÉE AU CP, AYUNA ?
JE SUIS AU LYCÉE, AU LYCÉE ! TU TE SOUVIENS ?
ぱ VAP'
OUVRE LA BOUCHE !
AH, TU ES LÀ, AYUNA ?!
MAMAN ?!
しゃ CHUMP
しゃ CHUMP
TU POURRAS PRÉPARER LE DÎNER POUR TON PÈRE ?
JE TERMINE TARD, CE SOIR.
TU PLEURES, AYUNA... ?
NON, J'AI JUSTE LES YEUX QUI ME PIQUENT.

ニコ
HI HI
POUF
JE VAIS ATTENDRE QU'IL SOIT RÉTABLI AVANT D'EN PARLER...

ぼっ
VLAP
ALLEZ, AU DODO !
ずず
SSSST
CUI...
J'AI PEUR...
À CHE CHOIR !
HUMPF
TU N'AS PAS L'AIR BIEN RÉVEILLÉE...
J'AI RÉVISÉ TOUTE LA NUIT, HA HA...
TCHACK

HAH
TODOM
ピラ
HAH
TODOM
HAH
ピラ
ぬれて
AH !
TODOM
TODOM

JE T'AI DÉBARRASSÉ DU GARÇON QUI T'A FAIT PLEURER. CE FILM TE CHANGERA LES IDÉES.
C'EST...
C'EST QUOI, ÇA...
NOOOOOOON

TOUT EST DE MA FAUTE !
C'EST DE MA FAUTE SI MON FRÈRE EST À L'HÔPITAL !
MA FAUTE !
J'AURAIS DÛ LUI EN PARLER PLUS TÔT !
CALME-TOI, AYUNA !
JE... NE ME LE PARDONNERAI... JAMAIS !
AYUNA ?
JE VEUX ME BATTRE !
JE VEUX L'AFFRONTER !
AYUNA...
JE T'EN SUPPLIE, AIDE-MOI À DONNER UNE BONNE LEÇON À CET ENFOIRÉ !
JE... JE...
...

POUR COMMENCER...
TU DOIS DEMANDER L'AUTORISATION À TON FRÈRE.
IL N'EST PAS EN ÉTAT DE COMPRENDRE...
PEUT-ÊTRE, MAIS... TU PEUX TOUJOURS ESSAYER.
SI TU NE VEUX PAS LE REGRETTER, TU DOIS D'ABORD LUI EN PARLER.
TU N'AS PAS ENVIE DE L'ATTRISTER DAVANTAGE, PAS VRAI ?
QU'EST-CE QUE TU RACONTES ? IL EST INCAPABLE DE RAISONNER !
SA TÊTE LE FAIT SOUFFRIR ET IL N'A TOUJOURS PAS RECOUVRÉ LA MÉMOIRE !
ÇA NE SERT À RIEN DE LUI EN PARLER !
IL EST GRAVEMENT BLESSÉ !
TU NE PEUX PAS COMPRENDRE... MIKURU...
AYUNA...
SSST

IL EST NOTRE COÉQUIPIER À KINA ET MOI...
NOUS N'AVONS PAS L'HABITUDE DE BAISSER LES BRAS.
ON Y VA ?
EN ROUTE !
KOH SHIRAISHI

RZZZ
コク
ALLEZ
JE...
IL N'ACCEPTERA JAMAIS MA DÉCISION...
JE NE PEUX PAS LUI EN PARLER !
MIKURU... JE CROIS QUE...
HEIN... ?
C'EST INHUMAIN...
QUI... QUI PLEURE À CÔTÉ DE MOI ?

AYUNA ? NON... JE NE SAIS PAS QUI C'EST...
IMPOS-SIBLE DE ME SOUVENIR...
QUI EST-CE QUI T'A FAIT DU MAL ?
TU NE ME FAIS PAS PEUR... !
C'EST MOI... QUAND J'ÉTAIS PETIT !?
HMM...
JE N'AI PAS PEUR DE TOI...
PARDON, JE T'AI RÉVEILLÉ !
SNIRF
TU AS ENCORE MAL À LA TÊTE ? ÇA VA ?
GRAND FRÈRE ?
MIKURU !
TA PETITE SŒUR EST TRAQUÉE PAR UN MALADE.

UN...
MALADE ?
IL A DÉPOSÉ DES MES-SAGES DANS SON CASIER, FIGURE-TOI.
TCHOP
ARRÊTE, MIKURU !
TU NE PEUX PAS LA LAISSER COMME ÇA !
ELLE EN SOUFFRE !
HMM
ELLE NE VA PAS BIEN !
CLING
HEIN... JE...
CLING
TU DOIS AGIR, SHIRAISHI !
HUNGH...
ARRÊÊÊTE!
ÇA SUFFIT...
REGARDE-MOI !
SSSST

TU ES DEVENU UN SUPER AGENT.
FIGHT

NE L'OUBLIE ...
JAMAIS !
TODOM
TODOM
TODOM
TODOM
ARGH !

MIKURU, ARRÊTE ! IL EST ENCORE FAIBLE...
JE VAIS BIEN... AYUNA.
QUOI ?
TE REVOILÀ...
COÉQUIPIER !

JE ME SENS BIEN MIEUX.
TU N'AVAIS PAS TA MASCOTTE SUR TOI...
COMMENT EST-ELLE ARRIVÉE ICI ?
FIGHT

À SUIVRE DANS LE VOLUME 5...

SORA INOUE

AKATU YUTAKA
SHIZUMI TSURUGI
SANGO
SUGITAKAYA AOI

KAWASHIMA AKIRA
HARADA TAKASHI

ZERO IN

Titre original :
ZEROIN, VOL. 4

First published in Japan in 2005
by FUJIMISHOBO CO., LTD., Tokyo.
French translation rights arranged with
Kadokawa Shoten Publishing Co., Ltd.,
Tokyo, through Tohan Corporation, Tokyo.

French translation rights : Pika Édition.

Traduction : Nathalie Térisse
Adaptation : Jean-Michel Bourquardez
Création d'illustrations : Pika Graphics

ISBN : 978-2-8116-0002-0
Dépôt légal : février 2009
Imprimé en France par Aubin
Diffusion : Hachette Livre

ATTENTION !

Ceci est la dernière page
du quatrième volume de Zeroin
Pour lire le début de ce volume,
il faut retourner le livre.